能村登四郎の百句

老いてなお華やぐ

能村研三

ふらんす堂

目次

能村登四郎の百句

くちびるを出て朝寒のこゑとなる

『定本咀嚼音』
昭和23年

1

秋も少しずつ深まってくると朝夕の寒さが感じられるようになり、特に晴れた日ほど朝の冷えは著しく肌寒さを感じる。思わず出た「今日は寒いね」という自分の声に冬の気配を感じた。声は声帯から発するものだが、肉体の一部である「くちびる」から声を発したという捉え方に実感があり人間の感情を顕わに映しだした。登四郎は昭和二十一年に「馬酔木」に復帰しているが、昭和二十二年十二月号で戦後初めて三句入選した中の一句。昭和四十九年に刊行された『定本咀嚼音』の巻頭に置いた句である。

ぬばたまの黒飴さはに良寛忌

『定本咀嚼音』
昭和23年

2

ぬばたまは「射干玉」「野干玉」とも書く。ヒオウギの種子のことで、その色から黒にかかる枕詞である。良寛というと子供と遊ぶ素朴でやさしいイメージ、良寛は子供たちのためにいつも飴をたくさん袂にしのばせていたことだろう。ちなみに新潟の柾谷小路にあった商家、飴屋万蔵家の看板は良寛が揮毫している。この句の一連で昭和二十三年三月号の「馬酔木」では秋櫻子の激賞を受け初巻頭を得た句だが、波郷からは風雅を主調とした俳句は戦後新人の作る句ではないとの批判を受けた。「朝寒」の句と同様定本で復活した句である。

うすうすとわが春愁に飢もあり

『定本咀嚼音』
昭和23年

3

この年は「馬酔木」で巻頭を三回とり「馬酔木新人賞」を藤田湘子と同時に受賞するなど輝かしいこともあったが、登四郎には心に晴れるものがなかった。ここで詠んだ「飢」は「心の飢渇のようなものでなく真実の飢えである」と登四郎は述べているが、戦後間もなく食糧難の時代で、私も幼い頃よく母からは配給だけで生きられず、闇市や買い出しに頼る生活を強いられた苦労を聞かせられた。前年に次男勁二を生後二か月で亡くすなど、人の心がはなやかに浮き立つ春であっても登四郎にはふっと悲しみに襲われることがあった。

逝く吾子に万葉の露みなはしれ

『定本咀嚼音』
昭和23年

4

昭和二十三年八月二十五日に長男爽一を六歳で亡くした。疫痢に罹り一夜のうちに死んでしまった。自らの貧しさの故か、この時代の医療の不完全からなのか悔いることが多かった。私には兄にあたるが、私の誕生の前なのでまみえることはなかった。菩提寺の墓で眠る小さな骨壺を見た時初めて私の兄としての存在を意識した。「万葉の露みなはしれ」とは小さな愛しい子を亡くした胸がつぶれるような絶唱である。同時作に「露ふふむ柔ら髪とも別るるか」「何も言はず妻倚り坐る夜の秋」がある。

長靴に腰埋め野分の老教師

『定本咀嚼音』
昭和24年

5

「良寛忌」の句とは反対に波郷が「野分の中を出勤する老教師の姿を力強い線で的確に描き出している」と激賞した句で、言葉をおさえながらも一つの人間像が描き出されている。「馬酔木」三十周年の特別作品に応募した二十五句中の一句で、波郷は「小主観で因果的叙述が多かったが、そのような手法はほとんど払拭されている」と述べている。教師俳句の道が開けて、登四郎はようやく自分の進むべき方向が定まったと確信した。この句は教え子の手によって萱田先生の墓碑に刻まれ、それが現在は市川学園内に移設されている。

悴みてあやふみ擁く新珠吾子

『定本咀嚼音』
昭和24年

6

今瀬剛一著『能村登四郎ノート』には、この年の三月に「奪ひがたきもの」と題する特別作品十句を発表したことが記されている。その中に「悴みてゐてなほ奪ひがたきもの」という句があり、この句に対しては「馬酔木」の先輩同人の百合山羽公、石田波郷、米沢吾亦紅から厳しい指摘があった。登四郎には「悴みて」という措辞がこの時から頭を離れなかったのかも知れない。私の生まれた十二月十七日は冬にしては少し暖かい日であったそうだ。「あやふみ」は「危踏み」、二人の男の子を亡くした後だけにその成長を心配したそうだ。

子にみやげなき秋の夜の肩ぐるま

『定本咀嚼音』
昭和26年

7

登四郎の句で、この句ほどいろいろな人が鑑賞している句はない。私が生まれた年に登四郎は「馬酔木」同人となり、教職のかたわら水原秋櫻子編の歳時記の編纂や現代俳句協会の幹事として多忙を極め外出することが多くなった。幼心にも帰りが遅い父親を心配したことが何度もあったことを記憶している。実際には父からの土産や肩車の記憶はないが、いつも慈愛に満ちて育てでもらったことはうれしかった。自註では「こんなごま化し方でもする他はなかった。」と面映ゆそうに語るのも登四郎らしい。

ひらく書の第一課さくら濃かりけり

『定本咀嚼音』
昭和27年

8

登四郎が教鞭をとった市川学園は旧制時代は別として中学、高校の一貫校で六年制であった。登四郎は自分自身の教師生活を述懐して「一番いやなものは卒業期である。生徒を学園から送り出して、また一年生に戻ることである。それはちょうど渡し守が客を載せて向う岸に着き、空の舟に棹さしてまたもとの地点に戻ってくるのに似ていた。」と述べている。しかし眼を輝かせた新入生を迎えインクの匂いのする教科書の一頁目を開くと、教師を何年やっていても緊張して清らかな気持になったのだろう。

白地着て血のみを潔く子に遺す

『定本咀嚼音』
昭和27年

9

夏の夕べの入浴後に、糊の効いた白絣や白地の浴衣などを身につけると、さわやかさが心の中まで沁みとおる思いがする。登四郎には「白」を詠んだ句が多くあるが、この句の「白地着て」という上五の措辞は登四郎の清潔な生き方を象徴している。私たちに清らかな血の他にも多くのものを遺してくれた父であったが、一教師の耐乏生活時代に、こんなに真直ぐな気持でいた父のもとで育ったことの幸せをつくづく感じる。白地の清潔感の中に、真っ新な血と命をくれた父に感謝している。

洗ひ上げ白菜も妻もかがやけり

『定本咀嚼音』
昭和27年

10

句集『咀嚼音』には、妻を詠んだ句がたくさんある。この頃の我が家は八幡の京成電鉄沿いの一軒家に借家暮らしであった。庭に釣瓶井戸があって、その水を汲んで生活を営んだ。庭の洗い場でせっせと白菜を洗う働きものの母の姿が蘇ってきた。登四郎は「漬物を漬けることの好きな妻は白菜を山のように買い込んで漬けている。洗い上げられた白菜も美しいが、そうした健康な妻も又美しい。」と自解している。この頃の母を詠んだ句に「足袋あかき妻が追ひゆく厨芥車」「梅漬けてあかき妻の手夜は愛す」などがある。

汗ばみて加賀強情の血ありけり

『定本合掌部落』
昭和29年

『定本合掌部落』の巻頭を飾る句であるが、初版にはこの句は収載されていない。初版では「北陸紀行」の作品を置き、冒頭に「内灘」の十七句を据えたことからも、この頃登四郎が社会性俳句に対してやや否定的であったにしろ、かなり意識していたことが窺える。北陸の旅について登四郎は「句風の脱化をはかるため、ひとり金沢・能登に旅した。金沢・能登を選んだのは、父祖の地である自分のルーツを探るためだった。」と述べている。加賀強情は登四郎の父のことで一度言い出したら後へ引かなかったという。

霧をゆき父子同紺の登山帽

『定本合掌部落』
昭和30年

前年に北陸を旅したのに続き、北陸の魅力にひかれて今度は娘の萌子を連れて立山登攀を試みた。萌子はこの時中学一年で、未だバスが美女平まで行かなかった頃だった。一連の作品六十七句はこの年の「馬酔木」十一月号に「父子登攀——長女萌子を伴ひて立山に登る——」として発表された。娘を連れての初めての旅で登四郎は嬉々として明るく健康観に満ち溢れていた。やや社会性に傾きかけた登四郎を思い止まらせた作品群であったのかも知れない。この後、萌子は富山から一人で帰り、登四郎は飛驒の合掌部落の取材に出かける。

捕虫網買ひ父が先づ捕へらる

『定本合掌部落』
昭和30年

私が五歳の時の句。登四郎はこの句について「内気で外で遊ぶことをあまりしない研三に捕虫網を買ってやったら、子供は蜻蛉や蝶よりも父親の頭にその白い網をかぶせた。」と自解している。この頃の私はひ弱で病院通いをすることが多かったそうだ。さらに登四郎は「子にみやげなき秋の夜の肩ぐるま」の句よりこちらの句の方が明るくて好きであるとも言っている。父からの「みやげ」や「肩ぐるま」の思い出はほとんどないが、この句のことは幼い日の一場面として胸中にある。

白川村夕霧すでに湖底めく

『定本合掌部落』
昭和30年

14

『咀嚼音』の後記を書いた翌日登四郎はかねてから念願であった旅に出た。その旅は自らの個からの脱出を図るもので、自己を起点として社会的な広い視野にたち、俳句において風土性、社会性を追求する旅であった。合掌集落がダムの建設で沈むという新聞記事を見て、飛騨の白川村を訪ね、山峡がダム化することによって、日本の伝統の美とほこる民族の生活が無惨に崩壊していく姿を取材した。ここで詠まれた白川村は現在世界遺産として保存されている合掌集落群のある場所ではなく、御母衣ダムの底に沈んだ集落のことである。

暁紅に露の藁屋根合掌す

『定本合掌部落』
昭和30年

この句は昭和三十年の「俳句」十月号に発表された作品三十五句の中の一句で、この号には澤木欣一の「能登鹽田」の二十五句も収載されている。これは当時「俳句」の編集長であった大野林火が若手俳人であった二人に夏休み期間中の宿題として大作発表の機会を与えたもので、折しも俳壇では社会性俳句の攻勢の最中であったため「能登鹽田」も「合掌部落」も社会性俳句の一収穫と見なされてしまった。一泊した翌朝、宿の人に聞いて訪ねた合掌集落は朝露に濡れて輝きその光景に登四郎は戦慄に近い感動を覚えたという。

凧の子の恍惚の眼に明日なき潟

『定本合掌部落』
昭和30年

16

飛驒白川郷を旅した同じ年の十二月、秋田県の八郎潟を訪ねている。不漁が続き漁業から農業への再生の道を進むため干拓が行われた。湖を奪われていく漁民の気持は複雑なものがあったが、そんな中子供達は無心で凧揚げに興じていた。この八郎潟から男鹿半島にかけての旅の句を俳句総合誌、更には「馬酔木」に合わせて百四十二句を発表。登四郎はこの一連の作品について「叙法的な発想を抑え硬質な表現に変えてみたが結果的には散文性をむき出しにしたものであった。」と述べている。

唇緘ぢて綿虫のもうどこにもなし

『定本枯野の沖』
昭和31年

『合掌部落』を上梓後、俳壇からの反響をよそに自らをして「冬の時代」と言わしめる時期の句で、登四郎は「この句を思い出すと今も胸が痛む。この時の苦渋を思い出すからである。作品は昭和三十一年の冬である。前年、句集『合掌部落』を出した。そして第五回現代俳句協会賞を受け、好調の波に乗ってよい筈だったが、何となく心が晴れない日々がつづいた。」とこの頃の心境を吐露している。下五が六音になっている句だが、宙に消えた綿虫をなお追うような視線が感じられ、それが心の動きにつながり字余りの効果をあげている。

教師に一夜東をどりの椅子紅し

『定本枯野の沖』
昭和32年

18

東をどりは東京新橋の芸妓による春の踊りで、京都の「都をどり」にならって始まったとされる。芝居好きの登四郎であったが、「東をどり」は芸者の踊りでひいきの旦那衆の見るものだと思っていて、家庭教師をしている子供の親から招待されるまで見たことがなかったそうだ。ここで詠まれた「紅」は待ち俥の色や新橋演舞場辺り一帯の華やかな紅色で、教師として登四郎が見た一種奇異な世界への驚きが窺える。登四郎「冬の時代」の句の中で地味な色合いの中にあって異色の色彩のある一句である。

曼珠沙華胸間くらく抱きをり

『定本枯野の沖』
昭和32年

19

曼珠沙華は登四郎にとって好きな花の一つで多くの作品を詠んでいるが、この句が句集に収められた曼珠沙華の最初の句である。この句について登四郎は「不吉な花だが曼珠沙華という花は何故か心を惹かれる。この花束を抱いた少女の胸の硲のくらさを画家の眼で描いてみた。」と述べている。登四郎は若い頃田端で暮らした時代があった。家は現在の田端文士村記念館のあたりで芥川龍之介などの文筆家の他に洋画家が多く住んでいて、洋画家に憧れていた時代があったそうで、登四郎には画家としての視点で作られている句がある。

火を焚くや枯野の沖を誰か過ぐ

『定本枯野の沖』
昭和31年

「冬の時代」から脱却すべくもがき苦しんだあげくに出来た句と言っても過言ではない。『合掌部落』時代の社会に向けた視点から、大きく転換して自分の内面をみつめ、精神の彷徨を続けてめぐり帰ってきた時にふわっと泡沫のように生まれた句だとも自解している。難解句で様々な鑑賞がなされているが、この作品を初めて評した人は瀧春一だったそうだ。登四郎にとっては新しい境地を生み出す大きな変換点となった句であることは間違いない。昭和四十五年「沖」誌発刊の誌名由来句であり、市川のじゅんさい池公園に句碑が建立されている。

夏潮に隠岐見えぬ日は隠岐の翳

『定本枯野の沖』
昭和33年

21

「枯野の沖」の句を発表した後も、心の晴れぬ不調時代が続き、「馬酔木」風雪集を三か月欠詠することなどもあったが、それを克服すべく大きな旅に出た。昭和三十三年八月伯耆大山に登り、隠岐へ渡った。かつて國學院時代に「装塡」という同人誌で共に短歌をやった石見の牛尾三千夫も訪ねている。十二日間の旅であったが、ここで作った作品を「俳句」に発表している。登四郎は旅について「自分の生き方の不安や自信の無さからくる詩生活の衰退を一番手取り早く解決してくれるものが旅である。」と述べている。

第二楽章へ 萍《うきぐさ》のひろがりゆく

『定本枯野の沖』
昭和34年

22

「どこかのホテルの庭園で休んでいた時、ふと聞こえてくるシンフォニーに思わずききほれていった。」と自註で述べている。この頃の登四郎は成人を間近にした娘萌子がかけるクラシック音楽のレコードに感化されクラシック音楽に興味を抱いていた。この当時のNHK交響楽団の指揮者ヴィルヘルム・シュヒターの指揮にも魅了されていた。この句、八・五・六の破調の句であるが、音楽に癒されながらも俳句という詩型に試行錯誤を重ねた時期でもあった。このころの作には「啓蟄やたかまりし曲すぐ潤ふ」などの句もある。

くらがりに麦刈りて来し手を燃やす

『定本枯野の沖』
昭和34年

23

麦刈りの激しい労働を見ていて出来た句で、万葉集の東歌の「稲つけばかかる吾が手を今宵もか殿の若子が取りて嘆かむ」が下地になっている句。麦刈りにいそしむ夕景、広大な麦畑の彼方で、日が没しようとしている。澄んだ初夏独特の空気はまだ冷たく畑隅の焚火で暖をとった。この句もどこか旅に出た時に出来た句であろうか。農夫たちの顔は見えず、差し出した節くれだった手からは沈鬱な静けさが漂う。この東歌がモチーフになった句としてはもう一つ「梅漬けてあかき妻の手夜は愛す」の句がある。

絮毛の旅水あれば水にはげまされ

『定本枯野の沖』
昭和34年

登四郎をして自ら「冬の時代」と言わしめた昭和三十一年から三十九年には角川新書として『現代俳句作法若い人たちのために』という入門書が刊行された。登四郎は実作者として悩みや迷いを率直に語りつつ、体験から得た信念を、また俳句が人間形成の詩として若々しい生活詩として甦るものであることを盛んに力説している。この句について登四郎は自分としては異色の句と述べているが、新たに「反復の手法」を用いながらもメルヘンの世界にでも誘いこんでくれるかのような明るい句である。

敵手と食ふ血の厚肉と黒葡萄

『定本枯野の沖』
昭和36年

登四郎は自分の闘志を燃やすため必ずライバルを作っていた。これは負けず嫌いの江戸っ子気質によるもので、自らを奮い立たせるための方策でもあった。

もっとも矛先を向けられた相手方はそのような意識はしなかったかも知れないが。

この年、これまでの借家住まいからマイホームを新築し移り住んだこと、さらに勤め先の学校でも責任ある立場になったことも心境の変化につながったように思える。同じ年に俳人協会が設立され登四郎も現代俳句協会を脱会し会員として参加している。

身ほとりに母ある甘さ露月夜

『定本枯野の沖』
昭和38年

26

我が家族と同居していた母方の祖母は長く寝たきりであった。登四郎は実母を若い頃に亡くしているせいか、義母を大切にした。登四郎とは同じ江戸っ子同士であったので馬があい、長唄や歌舞伎が好きでラジオからは常にその番組が流れていた。祖母は本所菊川町に家があったが三月十日の東京大空襲により祖父と母の妹が亡くなり、それ以来私の家で暮らした。登四郎は「義母」という言葉を使っていない。それが義理であっても、母は母であるというのが登四郎の考えであった。

火の国の火の山の今炎天時

『定本枯野の沖』
昭和39年

27

自らが「冬の時代」と呼んでいた俳句の不調のトンネルを抜け出すために、多忙を極める教員生活の寸暇を惜しんで三週間にも及ぶ九州への一人旅に出かけた。九年前に飛騨白川郷や八郎潟などを訪ねたルポルタージュ的な取材旅行とは目的を異にした旅であった。長崎、天草、熊本、鹿児島、大分など、それぞれの地にいる「馬酔木」の句友に案内を頼み旅を続けた。この時鹿児島を案内してくれたのが福永耕二で、これをきっかけとして耕二は上京することになる。南国の風土は登四郎にとって新たな作風を喚起する旅でもあった。

シャワー浴び真あたらしさの天を負ふ

『定本枯野の沖』
昭和40年

28

登四郎は学校の臨海学校の合宿にも引率としてよく赴いた。若い頃から水泳は自信があったようで、その泳ぎ方も今の時代のクロールや平泳ぎといったものでなく「伸し」が主な泳法であった。海水浴の後に海辺の葭簀張りの簡易的なシャワーで豊かな水を浴びると肌の潮の香が洗われた。体を拭い外に出るとそこには新しい天地が待っていた。さっぱりと蘇って人間再生のような新たな気持になって真っ青な空を仰いだ。長かった「冬の時代」を抜け出たような明るく前向きな句である。

プールより出て耳朶大き少年なり

『定本枯野の沖』
昭和41年

私は昭和四十一年には十七歳なので正に少年と言われるに相応しい頃であったが、ここで詠まれた少年のモデルではないようだ。というのもこの頃は確かに泳げるようにはなっていたものの水中に長い時間潜って耳朶を大きくして上がってくるような少年ではなかった。登四郎自身若い頃から水泳は得意の方で、教員時代は夏休みのプール当番にも駆り出されることが多かった。耳の大きな少年というと興福寺の阿修羅像を思い出すが、この句のモチーフとなったのか「シャワー浴ぶ一切無なる阿修羅ぶり」という句も発表している。

流し雛見えなくなりて子の手取る

『定本枯野の沖』
昭和42年

登四郎自註では「鳥取からかわいらしい流し雛を送ってもらった。夫婦雛がさん俵の上に乗っていた。」と述べている。鳥取からと言うから恐らくは牛尾三千夫から頂いたものだろう。この頂いた流し雛は私も記憶に残っている。

しかし実際は雛を川に流したことなどもなくあくまでもフィクションの句で想像力を思い切り働かせた句である。流し雛は災厄を人形に託し穢れ払いをする風習で、流れていく流し雛に人々は手を合わせたという。中七、下五の「見えなくなりて子の手取る」に子供の健やかな成長を願う祈りの深さがある。

花冷えや老いても着たき紺絣

『定本枯野の沖』
昭和42年

登四郎は仕事から家に帰ってからは、着物を着ていることが多かった。幼少の頃に着せられた紺絣を懐かしみつつ様々な過去を思い出したのであろう。登四郎はこの時五十六歳、教職でも責任ある立場となり、俳句の世界でも俳人協会の幹事になるなどの充実した日々を送っていた。一方で「老い」ということを意識し始めた頃でもあったが、常に若さだけは失いたくない気持を持ち続けていた。この句はよく色紙や短冊に揮毫する句であったので登四郎本人も気に入った句であったようだ。

春ひとり槍投げて槍に歩み寄る

『定本枯野の沖』
昭和42年

この句は登四郎を語るにあたり一番に出てくる句で、自註では「春の午後ひっそりとした大学のグランドで見た風景」とあるから、自らが勤める学校のグランドではないようだ。家の近くにはポプラ並木が綺麗な歯科大学のグランドがあったので多分そこで見た景であったのだろう。登四郎は句集を出す度に、これまでの作句姿勢を問直しつづけた人であったが、ひたすらに遠くに投げるためだけの行為を繰り返す孤独な作業に自分と同じものを見出したようだ。この句は教科書にも掲載され、市川の陸上競技場に句碑が建立されている。

夏日しんしん握り軋ますギリシャの砂

『欧州紀行』
昭和42年

教員視察団の一員として訪欧の旅に出た。この句など海外詠作品は句集には収めず、エッセイと共に『欧州紀行』という一冊の本にまとめた。「ギリシヤの砂」という一文には、最初の訪問地がギリシヤであったことと「ポセイドンの像」などのギリシヤ彫刻やアクロポリスの神殿などを見た感動が綴られている。「夕焼の炎の中で、これらの建物を見る美しさは、今の私にとって最上以上のものだ、私は自分に与えられた今の時間が、この上もなく尊いものに思われた。私は砂の上に立った体を思わず引き緊めた。」昂ぶった文体で書かれている。

鳥雲に入るがごとくに吾子嫁ぐ

『定本枯野の沖』
昭和43年

長女萌子が結婚した時の句。私と姉の間には兄二人が亡くなっているので二人だけのきょうだいで、姉はやさしく親のように私の面倒を見てくれた。姉は国文学を専攻し父と同じ國學院大學に進み、そんなことからも父とはよく話が合った。この時の思いを「牡丹の芽」というエッセイに書き残している。「父親と娘とはたしかに〈肉親の中の異性〉であった。だから私は娘と二人きりで家にいる時は、妙に落着かなかった。娘の方でもそんな意識があるのか妙によそよそしかった。」と述べている。父が娘を嫁にやる心情を感じた句でもある。

だしぬけに樹上声ある晩夏かな

『定本枯野の沖』
昭和43年

句集『定本枯野の沖』の中で、切字「かな」を用いた句は、六四四句の内この一句だけである。「や」を用いた句は「火を焚くや枯野の沖を誰か過ぐ」など四八句あるものの、切字を使うと古臭くなり現代俳句に新しさを求めるには切字を極力排除しようと考えた時期でもあった。登四郎が書いた「伝統の流れの端に立って」という論では「今はともかく二十年三十年後の言語感覚の中で「けり」「かな」の感覚がそのまま生きつづけることは考えられない。」と述べるなど日本古来の韻律に対して疑問を投げかけている。

冬ぬくき大足も大き掌もあらず

『民話』
昭和44年

36

十一月二十一日石田波郷急逝と前書のある句。波郷は清瀬の療養所に入院していたが突然亡くなった。この三か月前の八月に登四郎は波郷を訪ねた。この時に波郷からはこの辺で結社誌を持つように強く進言されたという。この時の波郷は病人に似合わない迫力のある語気だったという。年齢は登四郎より若かったものの「馬酔木」の先輩として第一句集『咀嚼音』の跋文を書き登四郎が俳壇の新人としてデビューするのを後押ししてくれた人で、終生畏敬の念を抱いていた。波郷への追慕の思いが「大足」「大き掌」に表されている。

地の冷えをあつめ一樹の桜濃し

『民話』
昭和45年

昭和三十六年に新居を建てて十年、庭の広さもほどほどで登四郎は自分なりの庭作りを楽しんだ。材料を買って来て私に手伝わせながら藤棚を造ったこともあった。庭の東側と西側には植木市で買ってきた二本の牡丹桜を植えた。桜も色の薄い染井吉野ではなく、濃厚な紅の花をつける牡丹桜の妖艶な美しさを楽しんだのも登四郎らしさであろう。染井吉野より開花が十日ほど遅いものの未だ寒く地も冷えていた。この句について「こうしたものを詠むにも何十年という歳月がかかるものだ」と述懐している。

曼珠沙華天のかぎりを青充たす

『民話』
昭和45年

昭和四十五年の元旦、いつもとは違った登四郎の姿を見た。家族には俳句のことをあまり喋らなかったが、新年早々熱り立つ姿は不思議にも思えた。前の年の秋に亡くなる直前の波郷に会って結社を起すことを強く勧められ、年が新たになると同時に結社創刊の意思を固めたのだった。昔からの直接の弟子たち何人かが他の結社に行っていて、その人たちに戻ってくるよう促す電話をかけていたようで、電話口の口調も熱がこもっていた。真っ赤な曼珠沙華、満天の青、これは今まさに帆をあげて出帆していく心意気を詠んだ句である。

白桃をすするや時も豊満に

『民話』
昭和45年

39

登四郎は俳句人生で作家の成熟とは何かを常に問い続けていた。伝統文芸の系譜につらなるという強い自負と信念を持ち、つねに自己変革を促し、俳句の新しみを追求できるものであると確信した時期でもあった。十月に「沖」の創刊号を刊行すべくその準備が始まった八月はいつもより暑い夏であった。登四郎は一月生まれであったが、夏の暑さが好きで、自らのエネルギーが迸る季節でもあった。上品で豊醇な香りをもった白桃をすすると果汁がしたたり、香りが満ちひろがってくる。まさに豊満の時であった。

汗の肌より汗噴きて退路なし

『民話』
昭和45年

40

登四郎は還暦の節目を前にした五十九歳。主宰誌をもつかどうかを何年か悩みつづけてきたが、いよいよ「沖」創刊号の編集、校正と進む中登四郎の気持はじわりと追いつめられて、もう一歩も後に引けない瀬戸際に立っていた。これまでの自分は「本当の俳句をいくつつくってきたであろうか、そして本当の伝統精神の継承者であろうか。」と、その反省と苦渋の中に自問自答しながらも「沖」創刊の意を固めた。結社誌を創刊するには決して早いとは言えない年齢であることを承知はしつつも、自分のはっきりとした文学上の主張をする場を持つこととなった。

板前は教へ子なりし一の酉

『民話』
昭和45年

登四郎の教師時代の写真を見ると生徒と撮った写真が多く出てくる。そのいずれの写真を見ても、温顔で生徒を見つめる眼がやさしい。学校で生徒からつけられた渾名は「おうまさん」。勿論馬のように長い顔をしていたからだが、後に昔の卒業生から聞いた話だと、悪さをした生徒を叱る時も追い掛けてくるのが馬のように速かったからのようだ。一の酉の帰り浅草の料理屋に立ち寄ったら、白衣、前掛けをした板前から「先生」と声を掛けられた。登四郎にとって心が温まる瞬間であった。

蘆の絮飛びひとつの民話ほろびかね

『民話』
昭和46年

第四句集『民話』の題名はこの句から採られた。後書にはこの句の他にも民話風の句が多いのでつけたとある。「鋤鍬のはらから睦ぶ雪夜にて」などが民話風の句であろうか。登四郎は自らの句集の装丁にも拘りがあった。『民話』の表紙の黒地布装に金箔で押した「一本角邪鬼」の図の筆をとり、函と共に自ら装丁している。この句は「蘆の絮飛び」と上七ではじまる。下五の「ほろびかね」は「ほろびまいとしている」という意だが、危うきものへの思いを募らせている。

おぼろ夜の霊のごとくに薄着して

『民話』
昭和46年

朧の夜気の中不用意に薄着をして外出したら、夜の冷えが着物を通して体に沁みてきて寒い思いをした。痩せている登四郎にはこれが何か霊のようにふと感じられた。いろいろ俳壇で評された句で、色紙や短冊などに揮毫を頼まれるとこの句を書いていたことが思い出される。ただ評してくれる人の鑑賞が皆それぞれ当を得ていなかったそうで、登四郎自身も「正解を示すことのできない甚だあいまいな発想の句である。（中略）割り切れない部分が俳句の要素なのであろう。」と言っている。

しじみ蝶ふたつ先ゆく子の霊か

『民話』
昭和46年

「われに早世の二児あれば」の前書がある句。登四郎の國學院時代の学友で「沖」にも投句するようになった青森の三浦壽禄さんの誘いで尻屋崎、下北半島の恐山を旅した。私はまだ大学生であったが、北海道でカニ族（バックパッカー）の旅をした後、青森で合流した。二人の子供を亡くして二十余年が経っていたが、亡き子への思いは薄れるものではなかった。登四郎は「二人の子を歿している私にはこの山に子供たちの霊が住んでいるような気がしてならなかった。」と述べている。

元旦の最初の客の皓歯かな

『民話』
昭和47年

「沖」が創刊されて二年目の新年を迎えた。登四郎は客の前に出ると一見無愛想なようにも見えるが、自ら人と会って話をするのを好んでいた。「沖」には若手の俳人も多く集まり始めていた時期で、若手俳人と自由に俳句の話をするのを楽しみにしていた。いつも元旦最初に訪ねてくる人によってその一年を占うようなことがあったが、この年は笑うと白い歯が印象的な元気のよい若者の年賀をうけ幸先のよい年であることを実感した。登四郎自身も元気な若者たちからのパワーを浴びることを喜んでいたようであった。

明るさに径うすれゆく芽吹山

『幻山水』
昭和47年

第五句集『幻山水』の巻頭の句。登四郎は句集の頭に据える句にはいつも気を遣う方であった。自らが「この句は明るくてすんなりしているので好きだ。」と言っているが、「幻山水」という句集名は雪舟の「胸裡山水」の画法をしきりに考える齢になったので、そんな発想で名付けたと述べている。枯れてひっそりしていた山も春の訪れとともに、木々が芽吹き草は萌え出し山々は瑞々しい命で満たされ、あまりにも明るい光のせいで歩く先の径が次第にうすれていくようにも見えた。

鍬研いで忘れしころの雪降らす

『幻山水』
昭和47年

登四郎が「誰にほめられたという句ではないが、何となく好きな句でよく色紙や短冊に書く。書きよい俳句のひとつ。」と述べているが、私が持っている数少ない登四郎による茶掛の軸にこの句が書かれている。鍬は畑の農作業で刃が切れなければ土を耕す時に仕事の効率が悪くなるので、農閑期には鍬を研いで手入れをして春耕の時を待つ。そんな時思いもかけない雪が降ってきた。もう雪のことなどすっかり忘れていたのに春を待つ気持がにわかに募ってきた。

形代の襟しかと合ふ遠青嶺

『幻山水』
昭和47年

48

六月の晦日に行われる夏越神事で茅の輪を潜り厄を祓い浄め、神社から配られた人形に身体の災いを移し川に流して禊や祓を行う。奉書を裁断したものだが襟の合わせ目が人間のもののようにみごとであった。この合わせ目に願い事をしっかりと託した安堵の気持が「遠青嶺」の季語に象徴されている。登四郎にはこれまでに「形代」の句は全く無かったが、この時から「形代」を好んで詠み全句集には十三句が収められている。ちなみに「茅の輪」の句は全句集に七句が収められている。

水よりもせせらぐ耶馬の鰯雲

『幻山水』
昭和47年

大分耶馬溪の江渕雲庭さん、江渕渓亭さん父子は二代にわたって「沖」の大分支部長を務めていただいた方である。この句は昭和四十七年に耶馬溪を訪ねた時の句。雲庭さんは「馬酔木」時代から登四郎より添削指導を受けていた関係で「沖」の創刊時から参加、登四郎は雲庭さんが校長を務める学校の校歌の作詞を手掛けている。江渕家は耶馬溪の山を幾つも持っている名家で、かつて私も登四郎の供をして泊めていただいたことがあるが、もてなしの宴に使われる食材の全てが自給で賄われていた。耶馬溪の青少年旅行村に掲句の句碑が建立された。

二月田の水湧く場所は榛の下

『幻山水』
昭和48年

いろいろな雑誌に掲載するため登四郎のポートレートを撮らなくてはならず、そのカメラマンは「沖」同人の門岡木偶子さんが引き受けてくれた。ある時私の車で市川市内でもまだ田園風景の残る大柏川の河畔へ撮影に行った。二月の田んぼは農作業にはまだ早く乾ききっていた。畦に立っている芽吹き前の榛の木はまだ淋しくもあったが、その下からこんこんと清冽な水が湧いていて、春の近さを感じさせた。この句あたりから心象風景を脱してリアリズムを鮮明にする句風になりつつあった。

月射して凍滝さらに凍つる刻

『幻山水』
昭和49年

51

「沖」の同人研修会で茨城県の袋田の凍滝を見に行った時の句。創刊間もない頃の同人は皆俳句に燃えていてこの吟行は今瀬剛一さんが企画したもので、少し遅れて着いた登四郎を案内しながら夜の凍滝を見に行き、月下の滝の凄絶な風景を充分に味わった。この時私はまだ同人になっていなかったが、この時の話を聞いて私も早く同人になりたいと思った。旅に出ることが多くなった登四郎は「旅は日常から脱出して新しい珍しさに触れることである。」と言っている。

杉の間にひらく筈なる花火待つ

『幻山水』
昭和49年

この頃登四郎は「見たものを自分の中で時間をかけて濾過し詩の言葉にする。イメージを重視する作風は一見虚構のように見えるがその母体にあるのは誠実な写生精神である。」と述べている。この句は「ひらく筈なる」という予測の中で花火の美しさを捉えているのが眼目。まだこの時点では夜空に絢爛と開花する花火の豪華さは少しも見えないが、その期待の先を「杉の間に」と明瞭に設定して虚構の世界が観念に陥らないように補完しているように思われる。

黄泉《よみ》の子もうつせみの子も白絣

『幻山水』
昭和49年

53

学校の教師と俳句作家としての仕事と二足の草鞋を履く登四郎は多忙を極めながらも私たち子供たちには優しく接してくれた。子煩悩の父であったと思う。三十代で生後間もない次男を、その翌年には六歳の長男を相次いで亡くした。この句は「八月二十五日長男爽一二十七回忌」と前書がある「破れ咲きの白朝顔が歿き子よぶ」に続く句。「白地着て血のみを潔く子に遺す」と呼応する句で、白地、白絣といずれも清々しさ爽やかさを象徴する季語によって家族に対する誠実な思いが伝わってくる。

磯鳴がいちはやく知る海の枯れ

『幻山水』
昭和49年

かつて枯野に沖を見出した登四郎は、海にも枯れがあってもいい筈だと思った。冬になり山野が枯れ一色になる頃海は青さを失い鉛色となる。これは正に海の枯れなのかも知れない。蕭条たる冬の干潟には鈍色の冬潮を身近に磯鳴が餌を啄む姿が可憐に映った。登四郎は「枯野の沖」の句を作って以来、枯れに寄せる思いが深く、同じ年には「枯どきが来て男枯る爪先まで」の作があり、『幻山水』の掉尾を飾っている。

睦みては拒み忘春の石十五

『有為の山』
昭和50年

登四郎は教師であったので、高校生の修学旅行の引率で度々京都を訪れている。龍安寺の枯山水の庭園は白砂を敷き詰め中に十五個の石を「五、二」「三、二」「三」と置いているので「七五三の庭」とも呼ばれて禅の境地が表現された庭園でもある。登四郎はこの十五の石組のこころを何とか詠みたいと長年苦心していた。京都で開かれた沖の勉強会の嘱目句で林翔の特選句となった句で、この時は何故かすらすらと出来たと述懐しているが見事な心象風景発見の句で、吟行句の軽さはなく内面的に深さを感じる句である。

いつよりか秋風ごろを病むならひ

『有為の山』
昭和50年

56

元々病弱であった登四郎は、勤め先の学校の責任ある立場を熱し、創刊間もない「沖」の仕事で多忙を極めて体調を崩し、病院で胃潰瘍と診断され入院を余儀なくされた。「病みて得し安息露は日々ふとり」という句があるように、働きづめであった登四郎にはブレーキをかけるにちょうどよい機会であった。十日間ほどの入院であったが、九段坂にある病院に見舞い看病に通い続けた母が体の変調を訴え、父の退院と入れ替わりに入院し脳腫瘍と診断された。これまで入院経験の無い父母にとっては虚をつかれる出来事であった。

幟立つ男の国の甲斐に入る

『有為の山』
昭和51年

この句が出来た昭和五十一年は母ひろ子が前年の暮に脳腫瘍の手術をして入院及び自宅での介護を必要とする療養生活を送っていた時期で、一月には仲の良かった姉が急逝するなど登四郎自身も身心共に極限に達していた。そんな中に「沖」の同人研修会で甲斐の桃源郷を訪ねている。この句は雄々しい立て句であるが、この時期の厳しい状況を克服し自らを奮い立たせる思いもあったのだろう。武将武田信玄の甲斐を男の国と称えた句である。

梢なる鳥のこころで門火見る

『有為の山』
昭和51年

門火は盂蘭盆で祖先の霊を迎え、送るために門前で焚く火をいう。能村家では昔から東京に菩提寺があるのにもかかわらず父の考えで、旧暦にお盆を行うことにしている。我が家は長い私道の奥にあるため、公道と接する私道の先端まで行ってかわらけの上に苧殻を焚いて門火を行う。お盆は祖先をお迎えするものだが、登四郎にとっては自らの二人の子供を先に亡くしているので、魂迎にも特別な思いがあったに違いない。中七の「鳥のころで」という措辞に思いの深さが感じられる。

初紅葉せる羞ひを杉囲み

『有為の山』
昭和51年

京都の三尾の一つ高雄の神護寺で詠んだ句。神護寺は京都でも有数な紅葉の名所であるが、清滝川周辺の山の斜面には北山杉が林立し幾何学模様が広がる。北山杉の美しさは川端康成の小説『古都』や画家の東山魁夷などにより描かれている。初紅葉の頃のほんのりと色づき始めたのを羞らいと捉えたのが面白い。登四郎の第一号句碑としてこの句の句碑が、「沖」の京都支部の人たちによって神護寺の「かわらけ投げ」ができる地蔵院の近くに昭和五十二年に建立されている。

吾子娶り良夜かすかに老い重り

『有為の山』
昭和52年

母の病気の自宅療養に加えて父が胃潰瘍により入退院を繰り返すなど我が家は家庭的にも冬の時代になってしまった。そんな我が家での両親との同居を快く承知してくれた、妻の決心は大変ありがたいことであった。登四郎にとっても家に嫁が来るということは初めての経験で面映ゆい思いをしながらも同居家族の生活が始まった。同時期には「萩がもと掃かれてありし嫁が来て」という句なども詠んでいる。

ひとりでに扉《と》があき雪の街に出る

『冬の音楽』
昭和53年

「軽やかで無内容の句」と自らが述べている。この年に書いた「類想拒絶の精神」という文章で「本当に価値あるものは、作者が一句の中でいかに自分の自由な精神を拡げているかということである。そうした作品は必ず類想のない無垢な作品として多くの人に新鮮な感動を与える。」と書いている。登四郎六十七歳、病後の妻の自宅療養が続く中、つかの間の平穏な暮らしに伸び伸びとした明るい気分の時を過ごした時期でもあった。句集名となった「冬の音楽」という名にもこの時の心境が窺える。

冬いちばん寒き日ならむ職を辞す

『冬の音楽』
昭和53年

前書に「四十年勤続の職なりし」。昭和五十三年の歳末、年度の途中であったが、昭和十三年から四十年奉職した市川学園に辞表を提出した。持病の胃潰瘍が時折起こり入退院を繰り返しつつ、妻の看病を続けるという暮らしであった。教師としても数年間教頭職を務めるなど自ら一生懸命にやり通した満足感があったであろう。教員時代、ふとしたきっかけで始めた俳句が多忙を極めた時期でもあり、二足の草鞋から解放されたことで登四郎にとっても愁眉を開くことが出来た。

すこしくは霞を吸つて生きてをり

『天上華』
昭和56年

句集『天上華』の劈頭より五句目に収められた句。三年前に教職から退き専門俳人としての生活を送るようになったが、古稀を迎え老境の域を垣間見るようになったのだろうか。「霞を吸って生きる」と言うのは俗の世界から超脱したような生きざまのたとえだが、小康状態の妻とともに自らも病弱の不安を抱えていた。そんな時だからこそ、いっさいの欲望を捨てて羽化登仙の思いで、俳句に明け暮れる覚悟のようなものが頭を掠めたのかも知れない。

春の夜の夢の浮橋耕二佇つ

『天上華』
昭和56年

昭和五十五年十二月四日、福永耕二が四十二歳の若さで急逝した。登四郎にとってショックなことで、「言なくて凍る夜をただ立ち尽くす」「豊頰や若さを余す寒の死者」「耕二ぼろぼろもつとも嫌ひし冬を逝けり」という句を作っている。句集『冬の音楽』の後書でも「私のよき後輩として育てた福永耕二の突然の死に遭った。その前途に大きな期待をもった作家だけに痛恨が今も疼いている。」と述べている。思えば、昭和三十九年、登四郎が鹿児島に旅をしたのがきっかけで耕二が上京することになり、その人生を変えてしまったことへの悔みもあったようだ。

明け易く明けて水原先生なし

『天上華』
昭和56年

昭和五十六年七月十七日に水原秋櫻子が亡くなった。享年八十八。登四郎には昭和十四年に師事して以来四十数年の子弟の交わりであった。「馬酔木」に入会した時、秋櫻子は四十七歳で血気盛んな頃で、怖くて近づき難かったが、何より人の痛みの分かる人であったと言う。登四郎は「沖」を創刊してからも、荻窪の秋櫻子宅は頻繁に訪ねたが俳句の話はあまりせず芝居の話が中心であったそうだ。「水原先生なし」とは師の亡きことが夢ならぬ現実として受け止められた率直な実感の吐露なのである。

一雁の列をそれたる羽音かな

『天上華』
昭和56年

66

前書に「四十年学びし「馬醉木」を辞す」とある。この句の自解で登四郎は「先生が逝去されて百日法要が行われた。私はこの席に列席して心で先生にお別れをすると、翌日「馬醉木」脱会の意を表した。」と万感の思いを残しながら慣れ親しんだ「馬醉木」の多くの仲間と別れた。この時「沖」は創刊から十一年目、これまでは「馬醉木」の僚誌の一つであったが、完全な独立誌となり、登四郎自身も自分の道を歩むこととなった。

ほたる火の冷たさをこそ火と言はめ

『天上華』
昭和57年

登四郎は季語別の俳句集を作ることをひどく嫌った。これを私なりに解釈すると、登四郎は俳句のモチーフについてその場限りの表現に終わらせず、幾年いや幾十年を経ても拘り続けているからかも知れない。この句の原形とも言うべき句が三年前に作った「螢火や火の冷たさもありといふ」で、句集『冬の音楽』に収められている。同じモチーフで推敲を重ね見事に完成を遂げた句で、登四郎の拘りは妥協を許さない。真っ赤な火の色よりも、青白い蛍火の冷たさにこそ激しさを感じていたのである。

削るほど紅さす板や十二月

『天上華』
昭和57年

まだ電気鉋が使われていない時代は、大工さんが材木を寝かせて鉋を掛ける姿を見かけた。登四郎は父が宮大工で工務店を営んでいたので、子供のころは鉋屑が花かつおのようにしゅるしゅると舞うのを飽きることなく見ていたに違いない。削られた材木が、削るほどに赤みをおびて美しく目に入ってきて、それが人の肌のようにきれいな艶であったのをしっかりと覚えていたのだろう。厳寒の十二月ともなれば、いっそうそれが美しく輝いて見えたのだろう。

花合歓の醒むる刻さへ妻醒めず

『天上華』
昭和58年

母が脳腫瘍と判明し一度目の手術をしたのが昭和五十年の冬。幸い良性の腫瘍であったので、すぐに悪化することはないが、腫瘍の出来ている位置が他の機能に影響を及ぼすことが心配されたからである。しかし奇蹟的に一命はとりとめ、不自由ながらも自宅での療養生活を送ることになった。この間に私は結婚し三人の孫を母に見せることができた。発病から八年目病気が悪化し、医師からは再手術を勧められ一度は躊躇したものの結局医師の指示に従うことにした。しかし術後十五日間眠りから醒めることはなかった。

一度だけの妻の世終る露の中

『天上華』
昭和58年

七月二十八日未明母が亡くなった。病院から危篤の報せがあり父と駆けつけたがもう息はなかった。手術後意識のないままの母をICUへ毎日見舞に行ったが、母との会話は無く毎日が臨終に立ち会っているようであった。登四郎は「命終の言なきもよし夏の露」の句を作っているが、遺言らしいことも全くのこすこともなく逝ってしまった。登四郎は「明治生れの男は女性に愛を示す方法はまるでできない。(中略)妻は私が最初に知った女でしかも最後の女でもあった。」と述べている。

朴ちりし後妻が咲く天上華

『天上華』
昭和58年

71

病院から母の亡骸は登四郎に付き添われて自宅に戻ってきた。庭の朴の木はたわわに緑の葉をつけて、夏の強い日差しが焼けつくような日であった。通夜、葬儀共自宅で執り行ったが、二階まで生長した朴の木がその一部始終を見守ってくれた。いつも一緒に見上げていた朴の木であるが、今は一人花の終ったあとの朴を見ている。天上の妻が華として咲き現れるようだ。美しく切ない鎮魂の詩である。この句は庭の朴の木のそばにある燈籠に刻まれており、私の自宅にある唯一の句碑である。その脇には彫刻家の植木力さんが母を偲んで作ってくれた石の仏様が安置されている。

身を裂いて咲く朝顔のありにけり

『寒九』
昭和59年

この時期の登四郎は、ものの裏側までしっかりと凝視し、見通すような凄まじい詩性により、句に幅の広さと新しさを生み出していった。

朝顔の蕾は蔓が左巻きに螺旋を描くのに対して、右巻きに捻れているが、この捻れがほどけるようにして開花するのを、登四郎は「身を裂いて咲く」と表現した。人の血の滲むような生き方に心を惹かれた登四郎は、この句に自分自身の作句姿勢をも重ね合わせている。登四郎は「自分を常に主題にして俳句を詠んでいる私は、ある意味で身を裂いて咲く朝顔なのかも知れない。」と述べている。

初あかりそのまま命あかりかな

『寒九』
昭和60年

昭和六十年の章の冒頭に置いた一句。前句集『天上華』が生老病死の果ての放下の句境と評されたが、この頃の作品はさらに自由になり自在というより自然であり、遊びの句境が加わってきた時期でもある。「妻を喪って三年になる。人から明るくなったとよく言われるが心が自在になった故であろうか。」と述べる。登四郎は誕生日が一月五日で新年になるとすぐに年を重ねることになるので、新年にはことさらに自らを奮いたたせる自己更新の気持が高まるようでもあった。齢を重ね詩魂がいよいよ燃え、俳句が心底面白く楽しいと実感した時期でもあった。

瓜人先生羽化このかたの大霞

『寒九』
昭和60年

74

登四郎は「馬酔木」の大先輩の百合山羽公と相生垣瓜人を尊敬していた。この両人は蛇笏賞を共に受賞している。相生垣瓜人はこの年の二月に八十六歳で亡くなったのでこの句は敬愛する先輩を偲んだ句である。瓜人の作風は「瓜人仙境」と呼ばれ、超俗の、しかも親しみやすい境地であった。「羽化」は「羽化登仙」の略。生前から仙境にあった瓜人が世を去ったことを、本当に羽化登仙したと捉えつつその死を悼み惜しんでいる。登四郎は瓜人について「さながら良寛さまそっくり、実生活も脱俗の人で、漢詩をたしなみ俳画はよくその人柄を出していた。」と述べている。

紐すこし貰ひに来たり雛納め

『菊塵』
昭和63年

昭和六十二年に父と母が住んでいた離れの家屋を壊し、一つの屋根の下に父と私たちの家族が一緒に住む家を新築した。父も自らの仕事のペースや自由な生活を保ちながらの二世帯による生活が始まった。私の三人の子供たちも父の部屋によく出入りし微笑ましい時を過ごした。同時期の作に「雛月の芋ころげして三童女」「あたたかき夜食の後の部屋覗く」などその頃の生活ぶりを俳句に詠んでいる。雛壇を飾るには床の間のある父の部屋を一時的に借りた。雛納めをする母親の手伝いに、子供たちが祖父の所へ紐を貰いにいったのである。

今思へば皆遠火事のごとくなり

『菊塵』
昭和63年

この時期の作品には「厠にて国敗れたる日とおもふ」「陛下病むこの冬何もかも乾き」「ゆつくりと来て老鶴の凍て什度」などの句があるが、『菊塵』のあとがきで、昭和天皇が崩御され平成と改元されたことに触れながらも、「昭和に始った私の昭和俳句の収結」であると、述懐する。登四郎にとっての昭和は兵役も経験し、戦後は教職を担いつつ俳人として大成したが、長男次男を幼くして相次いで亡くし、七歳年下の妻を五年前に亡くす逆縁にも遭遇した。昭和天皇の重篤が報じられている時、喜寿を迎えた登四郎の胸に去来するものは何であったのだろう。それを「皆遠火事のごとく」と淡々と美しく詠み滋味が深い。

霜掃きし箒しばらくして倒る

『長嘯』
平成元年

登四郎は自らの庵を「鳰亭」と名付けた。書斎での仕事に疲れると気のむくまま庭の手入れをすることがあった。竹箒は門の脇にいつも立てかけられていた。身の引き締まるような寒さと静寂の中、ことりと微かな音が耳に届く。少し前に庭を掃き霜のこびりついた箒が倒れたのだろう。日差しが出てきて箒についた霜が解けてゆるんだのだ。何でもない日常性の中の出来事だが季節感の時間差表現が何とも巧妙である。年齢を重ねないと見えてこないもの、つまり芭蕉のいう「ものの見えたる光」であろうか。天啓とでもいうべき瞬間である。

まさかと思ふ老人の泳ぎ出す

『長嘯』
平成元年

登四郎は水泳と山登りは得意としていた。水泳は大学時代肺炎を患い伊東で転地療養を余儀なくされた時に覚えたものと思われるが、その泳法は昔ながらの「伸し」。学校時代も臨海学校の引率やプールが出来てからはプール当番をやることもあった。子供の頃、江の島に海水浴に連れていって貰ったが、泳げない私に教えようともせず一人で泳いでいた姿を思い出す。この句はまさに登四郎の自画像だと思うが「老人のまさか」によって人を楽しませていたのかも知れない。もう一つの「まさか」としては句集『寒九』に「水着ショーなど終りまで見てしまふ」の句もある。

鉄砲町秋水の縦一文字

『長嘯』
平成元年

79

「沖」長崎支部が僚誌「沖長崎」を発刊、その記念会が長崎で行われ、東京から登四郎に加えて坂巻純子、北川英子、私などが同行した。中尾杏子の案内で島原を訪ねた。島原城の近くには武家屋敷があり、水神祠横には水原秋櫻子の「走り梅雨水声町を貫ける」の句碑もあった。武家屋敷が連なる下の丁には杉山権現熊野神社からの湧水が流れていて石垣に水音を響かせていた。この句は、立ち寄った南風楼の女将に墨と硯をもって揮毫を求められ、しばし熟考したのち、色紙に向かって筆を滑らせた句。まさに即吟の一句である。

鳥《とり》食《ばみ》に似てひとりなる夜食かな

『長嘯』
平成2年

登四郎は七十九歳、春の叙勲で受章した年である。このころは病気らしい病気もすることなく、仕事にも精力的であった。母が亡くなってからは、同じ屋根の下に私たち家族と同居するようになった登四郎は、時折は家族一緒に団欒を囲むことがあったが、夜も出入りの激しい子供たちのペースに合わないので、食事を自らの部屋に運んでとることが多かった。話し相手がいない場所でとる一人の食事はやはりわびしい思いもあったことだろう。それを品性崩さず客観視して情感深く詠んだ句である。

甚平を着て今にして見ゆるもの

『長嘯』
平成3年

81

部屋から庭を眺められる縁側の籐椅子に座っていた時、登四郎はよく甚平姿であった。昭和四十五年に「喜雨亭先生甚平の膝若くして」という句があるが、秋櫻子とは二十歳近く年の差があるので、二十年を経て自分も甚平が似合うようになったのだろう。傘寿を迎えたが健康にも恵まれ、たてつづけに俳句総合誌に大作を発表するなどますます作句意欲が盛んになった頃で、甚平は庶民的で仕事や諸事から解放され家での仕事が多くなった登四郎には格好であった。この齢になってはじめて真実が見えてきたという述懐。

睦み合ふごとし雨中の松さくら

『易水』
平成４年

「沖」の愛知支部の柴田雪路さんらが中心になって、徳川家の菩提寺である岡崎市の大樹寺に句碑として刻まれた句である。雨中の桜と松は究極の美学といえる。この句の初案は昭和四十五年の作で『民話』に収載された「さくらと松濡れゐる時は睦むごと」という句である。これは自己模倣ではない。登四郎は一度作った句を後に推敲を重ね自分自身で納得するまで作り直す作業を惜しまない。句碑開眼の日は平成四年四月四日で登四郎は「佳き日てふ四の字づくしのさくら句碑」という句を作っている。

長子次子稚くて逝けり浮いて来い

『易水』
平成4年

平成四年、登四郎は八十一歳であったが、旅の多い年であった。その中の一つがBS吟行俳句会で下関を訪ねる旅であった。飴山實、茨木和生、西村和子各氏に加えて「沖」からは中原道夫や坂巻純子や私が出演した。当日の席題は長州にちなんで「長」の一字詠み込みで、発表後評判となった句である。当日は壇ノ浦周辺を散策したので、安徳天皇の入水されたことへの思いと自らの二人の亡き子への思いとが重なったのだろうか。海底から幼帝が浮かび上がってこられるイメージから「浮いて来い」の季語へとつながった。

戦捷の明治に生れ敗戦日

『易水』
平成4年

登四郎は明治四十四年の生まれ。大正に近い頃だが、明治人の気概と自負を持っていた。欧米の列強に負けない国づくりをめざした明治の人にとっては、敗戦は大きな衝撃であった。昭和二十年六月の応召、横須賀海兵団に入隊、この日を迎えたのは伊賀上野の航空基地であった。この時、登四郎は命があってああよかったと思う気持と同じ重さで戦争に負けた無念さが心の中にひろがったという。この句の前に「厠にて国敗れたる日とおもふ」という句を作っている。登四郎にとって生きているかぎり忘れてはならない日であった。

国《くに》東《さき》や枯れていづくも仏みち

『易水』
平成4年

別府での九州大会の帰りに地元の田辺博充さんの案内で国東に立ち寄った。

国東半島の中央に建つ両子寺は天台宗の寺院。海へ向かって放射状に谷が伸びるこの地形を利用して六つの里が拓かれたくさんの寺院が建てられている。両子寺はその中心として寺院を統括する役割を担っている。国東にはいたるところに磨崖仏が見られ、その道は狭い。私も坂巻純子などと同行したが、初冬の蕭条たる野を分けて曲がりくねった道を走りながら車中よりその景色に静かに見入った。平成十二年、両子寺にこの句の句碑が建てられ除幕式には登四郎も出席した。

湯豆腐の夭々たるを舌が待つ

『易水』
平成五年

86

平成五年句集『長嘯』により詩歌文学館賞を受賞。病がちな体も回復し、句作にも一層意欲的になった。登四郎は食べるものもあまり好き嫌いがなく湯豆腐など鍋物の時は私たち家族と食卓を囲むことがあった。さっぱりした湯豆腐は登四郎には好物の一つであった。夭々は『詩経』の言葉で若々しいという意味だが、浮き上がったばかりの豆腐を待つのは舌だという。林翔が「才能に年齢が加わっての収穫」と絶賛した句。俳句総合誌に八十八句を発表したうちの一句。「食べ物は美味しく詠まなければ」とは常日頃から弟子たちへの言葉であった。

匂ひ艶よき柚子姫と混浴す

『易水』
平成5年

87

日野草城に「白々と女沈める柚子湯かな」という句がある。生々しい女体を直截に詠んだものだが、登四郎の句は匂いも艶もよい柚子、これを柚子姫だと詠み混浴気分になったという。老いの遊び心であろう。小澤克己は「放下」という言葉でよく語られる作者の心境を（中略）〈老い〉に染まらず〈老い〉に陥ることもなく、今ある自分の『存在感』を温もりのある言葉で、しかも生理作用のように自然に生み出している。」と語る。齢を重ねるごとにますます多作、旺盛な作句活動を展開した登四郎の『老艶』とも言われた自在な境地の表れとしてよく評されている句である。

跳ぶ時の内股しろき蟇

『易水』
平成6年

この句も「老艶」とも言われる自在な境地の句である。最初にこの句が発表された時は正直言ってドキッとした覚えがある。上五、中七と読んでいき、下五でどんな展開になるのかはらはらさせるが、ここらは読者を意識しての遊び心があるのかも知れない。蟇の正面の姿は薄気味悪いが、その裏側のお腹の方は真っ白で確かに跳ぶ時の足も白いはずである。内股を俳句で詠むとするならば大抵が人間でその大方は美しい女性で妖しくも艶かしいはずなのだが、その主体を蟇としたことの見事な裏切りが句を面白くさせた。

火取虫男の夢は瞑るまで

『易水』
平成6年

火取虫は火蛾とも言い、夏の夜、燈火に突進してくる蛾のこと。「飛んで火に入る夏の虫」という言葉もあるが、火取虫の灯に接しての狂いようには、後ずさりしたくなるはどの凄さがある。登四郎の伝統文芸の系譜につらなるという強い自負と信念とが、つねに自己変革を促し、俳句の新しみを追求させた。「俳句が好きというより、俳句を作らないではいられない。」と言う登四郎はその一方では多くの新鋭・精鋭を輩出するという大きな業績も残した。瞑るまで自分の夢を追い続けることが出来た幸せな人生であった。

東京をふるさとにもち春惜しむ

『芒種』
平成7年

「沖」は創刊二十五周年を迎えた。この頃になると登四郎も体力的にもやや衰えを感じることが多くなった。登四郎は今は上野池之端と呼ばれる谷中清水町で生まれ、七歳から成人になるまでを田端で過ごした。東京人としての自負を持ち続けた人である。市川には六十数年、東京で暮らした倍の年月を送ったわけだが、常に自分は東京人であるという自負を持ち続けていた。

自らの家が市川にありながらも本籍は「東京都北区田端四七八番地」であった。東京の谷中で生まれ、その谷中に葬られていることも喜んでいるに違いない。「谷中生姜の名に残りたるわが生地」。

すさまじさの奥のやさしさ絵にこめて

『芒種』
平成8年

萩、津和野を訪ねた時、香月泰男美術館を訪ねた。香月泰男はシベリア抑留の体験をもとにした絵画が代表作である。香月はどんな過酷な状況にあっても、光明を追い求め、生き抜こうとする生命力が満ちあふれている作品を描いている。香月泰男も登四郎と同じ明治四十四年生まれで同じ時代を生きた人なので、登四郎も自らの人生を重ね合わせたのだろう。洋画のほか、廃材を利用して作った「おもちゃ」と呼ばれるオブジェも展示されていた。登四郎は洋画家に憧れた時代もあり、子供たちに人形など手作りしたので共感を覚えたのだろう。

双翼をもがれし年を逝かしむる

『芒種』
平成8年

92

この年は女流双璧と言われた北村仁子と坂巻純子が相次いで亡くなった。

二人はお互いの性格や句風を異にしながらも登四郎の片腕として「沖」を支えてくれた。北村仁子は「沖」では新人賞、同人賞、沖賞の三冠をとった作家、坂巻純子は「沖」創刊前からの子飼いの同人で「沖」では初めて俳人協会新人賞を受賞している。登四郎は北村仁子を悼み「春疾風掌中の珠奪ひ去る」という句を、坂巻純子には「露の夜のこよなき弟子を見送りし」という句を作っている。「沖」の宝を失った登四郎は「かけ替えもない弟子を失い大きな穴が開いた」とその死を嘆いた。

朴咲けり不壊の宝珠の朴咲けり

『芒種』
平成9年

「朴咲けり」というリフレーンの句。意識した表現法というより自然に感激を吐露した詠みぶりと窺える。登四郎は「表現法に工夫をすれば、技巧というものは自然に生まれてくるものである。（中略）本当にうまい俳句はうまさが目立たないものであり、すぐれた技巧は一見無技巧を思わせる」と述べている。我が家のシンボルツリーの朴の木は高山支部の方からいただいた苗で、みるみる生長し、今では二階を越えるほどになった。しかし何年もの間花をつけることは無く、諦めかけた頃初めて花をつけてくれた。その時の感激は今でも忘れない。

霊地にて天降るしだれざくらかな

平成9年

平成九年四月、奈良県東吉野村の宝蔵寺の枝垂れ桜の傍らに掲句の句碑が建立された。

この桜は奈良県でも最大級と言われ、樹高十メートル、最大周囲は三・六メートル。当地には神武天皇が鳥見山に霊畤を設けたという伝説の史蹟があり、登四郎はそこを訪れた後、宝蔵寺でこの句を詠んだ。東吉野村が句碑の里づくりを推進し、茨木和生さんのご尽力により村を挙げての句碑開きとなった。開眼にあたり登四郎は「花充ちて祝ぎの刻まつ句碑しづか」を作っている。原案の句「しだれ枝の天降るごとき桜かな」は句集『易水』に収められている。

楪やゆづるべき子のありてよき

『羽化』
平成10年

平成九年十月「沖」同人研修会が箱根で開催され、その後登四郎に林翔と私が呼ばれ「来年から研三に沖作品選を任せたい。同人作品の選は林さんにお願いしたい。」という話があった。八十代前半は健康的にも恵まれ俳句の実作にも旺盛な気持で臨んでいた登四郎であったが、八十五歳を過ぎると今までのような無理が出来なくなり、最低限の仕事だけを残して他の仕事は徐々に整理をするようになった。「沖」には多くの先輩方もおられる中責任は重かったが、「沖」を後世に繋いでいくには私の役目も大事であると思い引き受けることにした。

ながらへて見る秋空の鮮しき

『羽化』
平成10年

この句の前書には「句碑開きそして米寿祝賀」とある。平成九年の秋、市民が拠出するお金で、市民が選ぶ「市川市民文化賞」が制定され、その第一回の賞が登四郎に授与された。この賞の仕掛け人は詩人の宗左近さんで、登四郎はこれまでに多くの全国規模の俳壇関係の受賞をしていたが、地元から栄誉ある賞をいただくことはことの外嬉しかったようだ。平成十年一月に米寿を迎えたことも重なったので、この賞金を活かし、市川市国府台のスポーツセンターの陸上競技場が見下ろせる丘に「春ひとり槍投げて槍に歩み寄る」の句碑が建立された。

賜りしこの一年をひしと抱く

『羽化』
平成12年

97

句集『芒種』の後書で登四郎は「今はこれと言って病はないが何と言っても八十八歳の老軀はしんどい。そんな中で毎月の作品を発表しなければならないのは辛い。しかし考えを替えると老いてもこのような仕事を持っていることは男として倖せなことだ」と述べている。この頃から登四郎は「沖」の句会も休みがちとなり、川崎にある長女の萌子の家で日々を過ごすことが多くなった。九十歳を間近にして日々を大切に生きていきたいと思ったのである。これまでの忙し過ぎた年月を振り返り、一日一日の月日をひしと抱きながら晩年の日々を暮らした。同時作には「去年今年去年今年とて今更に」の句もある。

196 ― 197

春潮の遠鳴る能登を母郷とす

『羽化』
平成12年

平成十二年は「沖」創刊三十周年の記念の年でお祝いの会は能登和倉温泉加賀屋で行われ、あわせて和倉温泉の弁天崎公園に句碑が建立された。能登和倉は登四郎の祖父の生誕地で能村家にはゆかりがあり、「沖」同人の天谷多津子の計らいで建立の計画が進められた。この祖父は登四郎の名付け親でもあり、東京生まれであってもこの土地には特別な思いがあった。同時作で「青き能登師の地父祖の地わが名の地」の句も作っている。句碑開眼の後、羽咋の折口信夫父子の墓前に詣でて帰途についたが、この旅が登四郎の最後の旅となった。

月明に我立つ他は箒草

『羽化』
平成12年

月明の中に自分と箒草だけが存在する不思議な空間。この句は、平成十二年「俳句研究」九月号が初出。鈴木鷹夫は「この一句を得るために何十年という俳句のプロセスがあったのではないか。客観写生の句で今までのひねりとか衒いとかというものが一切ない「登四郎浄土」と言わしめる句である。」と評している。宗左近は「登四郎はいつまでも優しく強い芸術家」であると語る。年齢を重ねなければ見えてこない世界、正に日常のなにげない発見から「ものの見えたる光」が見えたのであろう。登四郎亡き後五年目に能登羽咋の正覚院に句碑が建立された。

行く春を死でしめくくる人ひとり

『羽化』
平成13年

平成十三年「沖」六月号掲載。「中村歌右衛門逝く」と前書があり、五百字随想では「歌右衛門逝く」という題で「歌舞伎の一つの時代は終ったと思った。私にとって歌右衛門の名舞台をずっと観続けてきたことは大きな幸せだったとつくづく思う。」と記す。登四郎の絶筆である。名女形が亡くなったのは、三月三十一日。同年の五月二十四日には、六歳年長だった登四郎も卒寿で逝く。同世代のスター役者が亡くなった。そのことだけを、ぽつりと述べている。この句の「人ひとり」が登四郎の俳句にかけてきた人生そのものに思えてならない。

俳句は命明り

俳句との出会い

能村登四郎は明治四十四年一月五日、台東区谷中清水町に父二三郎、母かねの四男として生まれた。父は金沢生まれで加賀藩前田家の出入りの大工であったが、その後上京し、江戸っ子の娘を妻とし、たくさんの職人・大工を使う今で言うと工務店を経営していた。登四郎の名は祖父の出身地能登にちなんで付けられたという。

登四郎が中学生の頃、谷中で医者を営む母方の伯父の山本安三郎（六丁子・曽良の「奥の細道随行日記」の真筆の発見者）に俳句のてほどきを受け、さらには中学の国語の担任の三上永人や隈部次雄の影響で、文学への関心を深めていった。

その後、昭和六年、国語教師の夢を抱き、國學院大學高等師範部に入学。先輩の牛尾三千夫の勧めで、折口信夫の短歌同人誌「装塡」に参加、そこで林翔と出会うことになる。大学在学中に急性肺炎を患い、療養のためしばらく伊東で過ごし、近くにあった山本安三郎の山荘に赴いては俳諧の話を聞いたり、文化人との交流を持つ機会を得た。

昭和十三年、千葉県市川に新設間もない市川中学校（旧制・現市川学園）に奉職、学校の近くに下宿をした。昭和十四年、独身生活の侘しさを癒すため書店で表紙の美しい「馬酔木」をみつけ、ただちに入会、水原秋櫻子の指導を受けることになった。机辺にある秋櫻子の句集『葛飾』を読み、句に詠まれた風景を自分の眼で確かめるため、暇を見ては美しい葛飾の自然の中を逍遥しているうちに自分も俳句を作ってみようという気持になり「馬酔木」に投句を始めた。同じ年に大学時代からの友人である林翔を学校に招き長い付き合いが始まった。昭和十五年にはやはり大学時代の友人の紹介で結婚し、葛飾八幡宮の近くの借家で新たな生活が始まった。「馬酔木」には殆ど休まず投句をしたが、常に一、二句入選の境をさまよっていた。昭和十六年に長女萠子が、一八年に長男爽一がそれぞれ誕生した。昭和二十年三月の東京大空襲で妻の父と妹を失い、母を引き取ることとなった。六月に応召、原爆投下も終戦詔勅も知らずに終戦を迎えた。

昭和二十一年、「馬酔木」復刊を機に投句再開、二十二年に新人の養成機関である新人会に参加、篠田悌二郎の指導の元に熱心な研究会が行われ、遅蒔きながらも俳句に熱中できるようになった。昭和二十二年に生後間もない次男勁二をその翌年の二十三年には六歳の長男爽一を相次いで亡くし、その悲しみは深かった。この年「馬酔木」の巻頭を取り、「馬酔木」新人賞を受賞、翌年の昭和二十四年に「馬酔木」の同人に推薦された。同年には三男研三が誕生した。

生活哀歓を謳う

秋櫻子選による「馬酔木」の初巻頭の作品は、

ぬばたまの黒飴さはに良寛忌

の句で、秋櫻子は激賞し選後評にも丁寧な鑑賞をしてくれたが、石田波郷からはこの句は趣味的であると批判され、風雅を主調とした俳句は戦後俳人の作る句ではないと叩かれた。

この句とは反対に波郷が激賞してくれたのは

長靴に腰埋め野分の老教師

で、波郷の励ましに登四郎が俳句作家として一途に志してきた「人間をいかに描き出し得るか」という命題がようやく自分の進むべき方向として定まったと確信した。

ひらく書の第一課さくら濃かりけり
子にみやげなき秋の夜の肩ぐるま

白地着て血のみを潔く子に遺す

昭和二十九年に石田波郷の世話により句集『咀嚼音』が刊行され、この句集は当時の俳壇では結社を超えて受け入れられ、登四郎が作家としての地歩を築く契機となった。「咀嚼」の名の通り、生きる限りつづく人間の悲しみの韻を主調として、人間に執し、自己の生活と職業に焦点を当て、教師として父として夫としての生活哀歓を謳いあげている。

脱化への旅

『咀嚼音』を出した後、登四郎は自らの俳句が余りにも私小説的な興味を人間表現と誤り、自己に執した狭隘な作品世界であると反省し、さらには俳句プロパーである韻文性を生かしきれなかったという悔いが大きく残った。

これまで向き合ってきた作句姿勢を改め、もっと広い視野に立つ作品を作るべく脱化を志し旅に出ることにした。俳句に社会的な使命を盛り込もうとして、内灘、金沢、能登、黒部、奥飛騨、八郎潟などを回り二年半で五百句をまとめ句集『合掌部落』として世に問うた。

汗ばみて加賀強情の血ありけり

暁紅に露の藁屋根合掌す

社会性俳句への関心が一気に高まる中、精力的な句作りに専念した。その一連の作品が戦後屈指の作品として現代俳句協会賞を金子兜太と共に受賞し、その翌年に第二句集『合掌部落』を刊行した。この句集はその後角川書店から刊行される『現代俳句大系』に収録されることになったが、登四郎はその収録に最後までこだわりを見せ『咀嚼音』に愛着があることを申し出たが、社会性俳句の代表句集であることから、その申し出は叶わなかった。

冬の時代

現代俳句協会賞を受け、好調の波に乗ってよい筈だったが、登四郎は「何となく心が晴れない日々がつづいた。」とこの頃の心境を吐露している。登四郎が心の内で悩んだのは、『合掌部落』の作品が社会性俳句の一収穫と見なされたからで、登四郎自身、制作の核心に社会主義的な明確なイデオロギーがあった訳でなく、本来は日本の伝統の美とほこる民族の生活が無惨にも崩壊していく姿を憂うことが主眼であった。さらには、定型、季語、文語問題など、現代俳句の大きな転換点にいて古めかしい伝統を受け継ぎながらも新しい時代の俳句はいかにあるべきかを思い悩んでいたのである。

唇緘ぢて綿虫のもうどこにもなし

『合掌部落』を上梓後、俳壇からの反響をよそに自らに「冬の時代」と言わしめる時期の句で、登四郎は「この句を思い出すと今も胸が痛む。この時の苦渋を思い出すからである。」と述懐するが、これも大成への屈折の時代とも捉えることが出来、登四郎は再び個に還って内面の深化への脱皮・変身を進めていたのである。

火を焚くや枯野の沖を誰か過ぐ

そんな中、心の奥の方から湧いてくるように出て来たのがこの句。かつて見たものが潜在的に意識の底にあって、幾年かの間に濾過されてはじめて詩のことばとして出てきたものである。

自己更新

登四郎の不調時代はしばらく続き、「馬酔木」風雪集に三か月欠詠することもあったが、それを克服するために大きな旅に出る事にした。その旅も「合掌部落」の頃とは違って、自らの生き方についての不安による詩生活の衰退を解決するための旅であった。

春ひとり槍投げて槍に歩み寄る

昭和四十二年、俳句総合誌「俳句」に発表した作品で多くの人から評価を受けた。長かった「冬の時代」から抜け出せる一条の光が射しこみ、この句も眼で見たものと心の奥底にあるイメージとが組み合わさって出来た心象風景の表現であった。投げては歩み寄り、投げては歩み寄る。黙々と槍投げの練習に励む男は、「一つの旅を終わると振り返って反省し、その改修を考えながら次の旅に出る」登四郎の自己更新の作句姿勢そのものであった。

昭和四十四年八月、清瀬に病臥の石田波郷を訪ねた。その時波郷から結社誌をもつことを強く勧められた。その時の波郷は病人には似合わない迫力のある語気であった。その三か月後に波郷は亡くなり、この言葉は登四郎に対する遺言ともなった。その翌年の昭和四十五年、登四郎は五十九歳、十月に結社誌「沖」を創刊することになり、俳句が自分の生きる方法であることを確信した時でもあった。

曼珠沙華天のかぎりを青充たす

「沖」創刊の高潮した思いが詠まれている。結社誌を創刊するには決して早いとは言えない年齢であることを承知しつつ、はっきりとした文学上の主張をする場を持つことになった。

夢・旅・死・病

創刊した「沖」は順調に発展し、その翌年登四郎は還暦を迎え、その大きな節目に責任と希望に満ちていた。全国各地の弟子たちを訪ねての旅が多くなったが、その旅でも、触れてきたものの報告ではなく、日常から脱出して新しさに触れることを求めた。この頃の作品は、上五、中七に切字を使わず一句一章の句姿を持った句が多く、季語へのこだわりも強く曼珠沙華、鳰、綿虫などが毎年のように詠まれ、夢・旅・死・病といったテーマの内省的な作品が多くなった。

「沖」の創刊五年目の昭和五十年、教職において教頭に任じられる一方「沖」の仕事でも多忙を極め、体に不調をきたし胃潰瘍で入院することになった。病因はストレスによるものと思われた。その登四郎を献身的に見舞看病した母が体の不調を訴え脳腫瘍と診断された。母の病は重篤で緊急の手術をすることになった。登四郎は教職、俳句の仕事に加えて母の看病、家の家事まで、多重な苦労を担うこととなった。母は一回目の手術によって一命は取り留めたものの家での不自由な暮らしを強いられるようになった。昭和五十八年、母の容態が悪化し二度目の手術を余儀なくされ、手術後十五日間、目を醒ますことなく亡くなった。

いつよりか秋風ごろを病むならひ
一度だけの妻の世終る露の中
朴ちりし後妻が咲く天上華

昭和六十年、生老病死という人生の哀歓を詠った句集『天上華』が蛇笏賞を受賞した。

自在な句境

句集『天上華』が生老病死の果ての放下の句境と評されたが、登四郎は八十歳になり、人から明るくなったと言われるようになった。妻を喪ったが出来る限りのことをして思い残すことのない満足感があったからなのだろう。齢を深めるごとに俳句を作ることが楽しくなったと言う。俳句総合誌にも、八十句、百句という大作を発表する機会を得て、自由で自在な句境からは、老艶な句あるいは諧謔に富んだ句が生まれるようになった。

削るほど紅さす板や十二月

今思へば皆遠火事のごとくなり

老いのエネルギー

平成二年に勲四等瑞宝章を受章、平成五年には句集『長嘯』により詩歌文学館賞を受賞。米寿を迎えた登四郎は「これと言って病はないが、八十八歳の老軀はしんどい」と漏らすようになったが、なお続く俳句のエネルギーは衰えを見せず、写生句には格調や即物具象の清冽さなどが横溢し老いを感じさせることはなかった。

霜掃きし箒しばらくして倒る

月明に我立つ他は箒草

登四郎は俳句という伝統形式に、ある時は思い悩みつつ、新しさの追求心をいつも忘れず、そんな作句姿勢を自らの俳句作品と評論をもって実践した人であった。平成十三年五月二十四日、これまで明治男の気骨を見せながら、常に心を燃やしつづけてきたが、自らの余命というものを悟りつくしたようで、いのちの明かりを少しずつ、自ら吹き消すかのようにこの世から去っていった。

行く春を死でしめくくる人ひとり

初句索引

著者略歴

能村研三（のむら・けんぞう）

昭和24年12月17日、千葉県市川市生まれ。

昭和46年沖入会、福永耕二の手ほどきを受ける。

能村登四郎、林翔に師事。

平成4年句集『鷹の木』で俳人協会新人賞受賞、
平成13年4月より「沖」主宰を継承。

句集に『騎士』『海神』『鷹の木』『磁気』『滑翔』『肩の稜線』『催花の雷』。

公益社団法人俳人協会理事長、国際俳句交流協会副会長、日本文藝家協会会員、日本ペンクラブ会員、千葉県俳句作家協会会長
朝日新聞千葉版俳壇選者、北國新聞俳壇選者、読売新聞地方版俳壇選者。

現住所　〒272-0021　千葉県市川市八幡6-16-19

発　行　二〇二一年一月一〇日　初版発行
著　者　能村研三© Kenzo Nomura
発行人　山岡喜美子
発行所　ふらんす堂
〒182-0002　東京都調布市仙川町一―一五―三八―2F
TEL（〇三）三三二六―九〇六一　FAX（〇三）三三二六―六九一九
URL http://furansudo.com/　E-mail info@furansudo.com

能村登四郎の百句

振　替　〇〇一七〇―一―一八四一七三
装　丁　和　兎
印刷所　日本ハイコム㈱
製本所　三修紙工㈱
定　価＝本体一五〇〇円＋税
ISBN978-4-7814-1343-3　C0095 ¥1500E